A Paqui, por todo lo cosido
y todo lo por coser.
N. G.

EDICIONES ekaré

Edición a cargo de Carmen Diana Dearden
Diseño y dirección de arte: Irene Savino

Primera edición, 2020

Av. Luis Roche, Edif. Banco del Libro, Altamira Sur. Caracas 1060, Venezuela
C/ Sant Agustí, 6, bajos. 08012 Barcelona. España

www.ekare.com

ISBN 978-84-120600-7-2
Depósito legal B 2292-2020

Impreso en Barcelona por Comgrafic

Nono Granero Ina Hristova

La bandera de Amalia

Ediciones Ekaré

Todo el mundo sabía que Amalia era la mejor costurera del pequeño pueblo de Orbanilla. Lo sabía la señora alcaldesa, que le encargaba los vestidos para asistir a las inauguraciones. Lo sabía Juanito el carpintero, al que le había cosido su traje de boda. Todos los habitantes estaban de acuerdo en eso.

Así que nadie se sorprendió cuando la comisión de fiestas de aquel año la visitó para hacerle un encargo muy especial.

—Querida Amalia —dijo el presidente de la comisión—. Dada tu habilidad con la aguja, hemos pensado que eres la persona idónea para confeccionar la bandera de nuestro pueblo.

—¿Nuestro pueblo tiene bandera? —preguntó Amalia, un poco despistada.

—¡Pues claro! —respondió el primer vocal—. ¡Es tan hermosa! Con su franja blanca, símbolo de paz, con su franja roja para no olvidar la sangre derramada en su fundación, con su franja verde, como nuestros fértiles campos...

—Debería ser grande, enorme, gigante —continuó el segundo vocal—. La colgaríamos entre tus balcones, frente a la plaza, para iniciar las Fiestas de Otoño.

Amalia se sintió algo abrumada por el encargo, pero finalmente aceptó.

En cuanto los miembros de la comisión se marcharon, buscó en sus catálogos de muestras los tejidos más ricos y lujosos para encargarlos y hacer con ellos la mejor bandera posible.

Tras largas semanas de espera, Amalia recibió al fin tres voluminosos paquetes. Enseguida se encerró en casa, se sentó junto al balcón y comenzó la tarea, pensando en la sorpresa que daría a sus vecinos.

Los días pasaron veloces enhebrando hilos, acariciando telas, uniendo cada parte con delicadeza y maestría. Y una tarde de abril, cuando prácticamente había terminado su trabajo, Amalia escuchó música. Entre puntada y puntada, miró por el balcón.

Una de las procesiones que desfilaban en Semana Santa se acercaba, acompañada por la banda local de música. De repente retumbó un trueno y comenzó a llover a cántaros.

—¡Pero bueno! —exclamó Amalia—. ¿No se dan cuenta del resfriado que van a coger si siguen tocando bajo la lluvia? Y eso no es lo peor... ¿No les importa que se les estropeen los instrumentos? ¿Que se oxiden las llaves de sus trompetas, que se agriete la madera de sus clarinetes?

Antes de darse cuenta de lo que estaba haciendo, Amalia abrió el balcón y les arrojó la bandera para que se cubriesen.

Cuatro de los clarinetes, al ver lo que se les venía encima, se colocaron veloces en las esquinas. Levantando sus instrumentos, formaron un palio improvisado que puso a cubierto a la banda entera.

Continuaron así tocando sin mojarse. Y cuando terminaron, doblaron la bandera y se la devolvieron a Amalia con grandes muestras de agradecimiento.

Cuando Amalia vio lo que le habían traído, casi se echa a llorar. Aquellos ricos tejidos se habían convertido en unos mustios harapos.

Amalia sabía que ya no podía encargar de nuevo telas como esas: ni aunque llegaran antes de las fiestas le daría tiempo a coserlo todo otra vez. Había que pensar en otra cosa. Y se acordó de su pequeño almacén. Allí guardaba siempre los retales que sobraban tras la costura, por si había que solucionar algún enganchón. Seguro que quedaba algo de aquellas telas especiales.

Abrió la pequeña puerta y encendió la luz. Y después de bucear entre un batiburrillo de retazos, acumulado tras años de labor, encontró lo que buscaba. No era mucho, pero serviría.
Es cierto que la nueva bandera sería bastante más pequeña, pero podría acompañarla con flores o guirnaldas.

8

Amalia volvió a la tarea, decidida a esforzarse aún más. El resultado sería tan perfecto como si no lo hubieran cosido manos humanas.

Pasó así la primavera. Y una tórrida mañana de agosto, entre puntada y puntada, Amalia vio a una mujer que empujaba un carrito de bebé. En mitad de la plaza, la mujer se detuvo a charlar con una amiga. Tranquilamente. A pleno sol.

—Desde luego —se dijo Amalia—, con el día que hace, yo no sé a quién se le ocurre. ¿No se da cuenta de que el niño se le está poniendo rojo? ¿De que no le falta más que soltar vapor por la nariz, con un pitido, para convertirse en tetera?

8

Y antes de darse cuenta de lo que estaba haciendo, Amalia abrió el balcón.

—¡Tenga, señora! —gritó, lanzándole la bandera que tenía sobre la falda—. ¡Tape a esa criatura, que se le va a cocer! ¡Y no vuelva a salir a la calle sin una sombrilla, mujer!

La señora, agradecida, utilizó el regalo para improvisar un pequeño toldo. Y siguió usándolo todo el verano hasta que, en septiembre, fue a devolverlo.

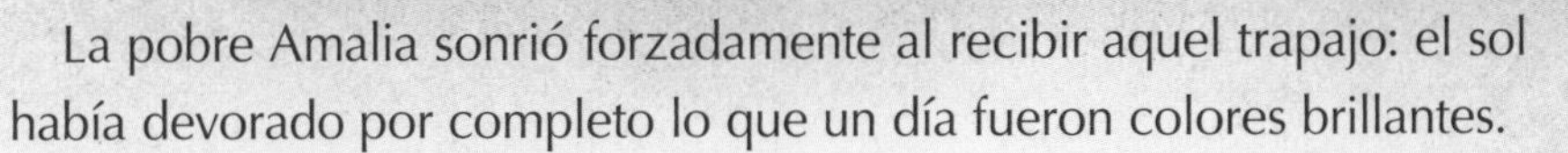

La pobre Amalia sonrió forzadamente al recibir aquel trapajo: el sol había devorado por completo lo que un día fueron colores brillantes.

Más por la costumbre que por otra cosa, Amalia volvió al almacenillo. Y tuvo suerte: aún quedaban unos retales pequeños y alargados de aquellos ricos tejidos.

Amalia pensó que el único modo de que su esfuerzo tuviera sentido era terminar esa bandera, aunque su forma resultase atípica. Y como no había tiempo que perder, se sentó, muy seria junto al balcón, a coser con mayor determinación y cuidado.

La nueva bandera estaba casi lista cuando, entre puntada y puntada, levantó los ojos y vio pasar a Juanito, el tenor local a quien llamaban *Gianni*. Él se encargaba siempre de cantar el himno del pueblo el primer día de las fiestas.

De pronto, una ráfaga de viento le arrebató la bufanda que protegía su garganta, llevándola hacia el cielo.

—¡Pero Gianni! —saltó Amalia al ver aquello—. ¡¿Dónde vas con esta ventolera?! ¡Que se te van a enfriar las cuerdas vocales y tienes que cantar para todos!

Y antes de darse cuenta de lo que estaba haciendo, Amalia había abierto el balcón para enviarle aquella bandera estrecha y alargada.

Gianni la enrolló veloz alrededor de su cuello antes de despedirse, envuelto también en gratitud.

Solo entonces reparó Amalia en que faltaban únicamente tres días para las fiestas.

Aunque ya sabía que no encontraría nada, Amalia volvió al almacenillo arrastrando los pies. Rebuscó en todas las bolsas, en todos los estantes, en todas las cajas. Mientras desplegaba por el suelo los restos de cuanto había cosido en su vida, le parecía escuchar los bisbiseos ilusionados de sus vecinos, los que oía últimamente a su espalda cada vez que salía de casa. Y pensando en que los defraudaría a todos ellos, a todas sus amigas, al pueblo entero de Orbanilla, la invadió una enorme tristeza.

Cansada, se dejó caer en su pequeña silla.

Y entonces encontró una idea a sus pies.

Aquellos tres días pasaron en un suspiro.
Amalia trabajaba sin descanso, sin parar a comer,
sin dormir.

La madrugada del día en que comenzaban las fiestas, Amalia colgó por fin entre sus dos balcones lo que había preparado. Y después esperó, oculta tras la cortina.

Los vecinos fueron llegando. Cruzaron miradas inquietas. La bandera nueva, esa de la que tanto habían oído hablar, esa que les llenaría de orgullo, resultó ser un poco… curiosa.

Para empezar, no tenía las tres franjas con los colores habituales.

De hecho, no tenía franja alguna.

—Pero ¿qué se le ha pasado por la cabeza a Amalia? —preguntó por fin Juana la del kiosco, mientras la plaza se llenaba de gente.

—¿Se habrá vuelto loca? —decía Juan, el de Correos.

—Esto, desde luego, no tiene ni pies ni cabeza... —corroboraba Juan, el de la Oficina Municipal.

Justo entonces llegaron la alcaldesa y los miembros de la comisión de fiestas.

—¡¿Qué broma es esta?! —bramó el presidente.

—¿Dónde está nuestra bandera?

—¿Dónde los colores que cuentan la historia de nuestro gran municipio?

Estaba ya la alcaldesa a punto de llamar al jefe de la Policía Local cuando Juanito el carpintero levantó la mano, señalando con el dedo:

—¡Anda! —exclamó sorprendido—. Pero si aquel pedacito de allí es de la misma tela que mi traje.

—¡Pues mira! —observó Juanita, la de la mercería—. Aquel es igual al de mi vestido estampado.

Poco a poco, todos los vecinos fueron reconociendo en aquella tela los colores y los tejidos de la ropa que llevaban puesta.

Amalia, oculta tras las cortinas de su balcón, reía viendo cómo se miraban unos a otros, jugando divertidos a buscarse y encontrarse en aquella bandera particular.

Entonces, los músicos, agradecidos al reconocer también la tela de sus trajes, se pusieron a tocar. El aire se llenó de carcajadas, de vivas y de hurras.

La plaza entera comenzó a bailar con un movimiento alegre que parecía reflejar el de la bandera agitada por el viento.

Y dicen los más viejos de Orbanilla que aquellas fueron las mejores fiestas que habían visto en toda su vida.

Y que no será fácil repetir tanto regocijo en mucho mucho tiempo.